AF313961

BOUQUET

AUX GENS DE BIEN.

ANNONCE EN HOMMAGE

DE L'OPPRIMÉ TRIOMPHANT,

Dit l'honneur dépouillé.

Payez ou rendez-lui, lorsque vous l'aurez lu,
Son hommage en bouquet dont l'accueil est la grâce
Qu'on reçoit en beauté dont le corps et la face
Ont les plus beaux appas de l'amour en vertu,
Au verso du recto passant, de page en page
Vous irez à la fin; alors dans cet hommage
Tout l'éclat, les attraits qu'offre un divin flambeau
Vous feront voir Vénus dans l'œuvre le plus beau.

AVIS

D'une créature dont l'auteur veut tirer parti, en fai-
sant débiter ce Bouquet pour son compte, et le pré-
sentant lui même en hommage non gratis.

> *Bouquet au figuré, ne l'étant qu'en peinture,*
> *Que comme échantillon d'un chef-d'œuvre de l'art,*
> *Où la raison se voit sous le plus joli fard,*
> *Je tiens tous mes appas de la littérature.*

Dans les cas où je suis présentée par mon auteur,
mon prix, pour les hommes de loi, les gens de pra-
tique, pour tous les hommes de lettres, dans quelque
rang qu'ils soient, est facultatif; pour toutes les autres
personnes, au moins d'un franc; et dans les cas où je
snis mise en vente chez uu libraire, il est pour tout le
monde, de deux francs cinquante centimes ailleurs
qu'en la Capitale et les villes de première classe,
où il est de cinq francs.

> Si j'entendais quelqu'un dire, en parlant de moi :
> *Ce Bouquet est trop cher,* je lui dirais : tais-toi;
> La raison vue en fleurs, en vérité suprême,
> Langage hyperbolique où tout est figuré
> Dans le vrai travesti, justement comparé,
> Est un objet sans prix, digne du diadème.

PETIT CREUSET.

Creuset pour mes lecteurs, je sers à prouver l'or
Qui git dans le moral où l'on voit le trésor
Que forme la sagesse en conduite réglée,
Qui fit qu'on délivra l'innocence opprimée.

Fais, me dit Dieu, mon fils, en peignant ton état,
Un petit résumé vu dans un résultat
En vers sentencieux, donné par la sagesse
Du génie orateur dont sublime est l'adresse,
Dont le but est moral, d'un ouvrage amusant,
Glosaïque, instructif, qu'on fait périphrasant.
Sans jamais s'écarter de la chose sensée
Qui s'y trouve en chaînons, de pensée en pensée :
« La vertu sans argent (dit l'honneur dépouillé,
Victime de cinq gueux vus dans un mauvais être,
Honteux de se montrer, ne voulant le paraître),
« L'est sans pain, dupe en moi d'un tribunal souillé. »
— Être un homme de bien, c'est être à Dieu fidèle (1),
De son prochain l'ami, de sagesse un modèle.
Si vous craignez l'effet de la saine raison,
Dit un sage en écrit composé par la dupe
De quatre à cinq menteurs en brigands sous la hupe,
En fuyant sa lumière, esclave du démon,
Créature envers Dieu dite la plus mutine,
Vous cherchez à cacher le son sous la farine.
Mais, hélas ! c'est en vain, la fuite est contre vous ;
Vous dit irraisonnable, inhumain envers tous,

___

(1) *C'est être à Dieu fidèle :*
Sans cette qualité, l'homme étant sans vertu,
(Abandonné de Dieu) vil, est un malotru !...

Egoïste parfait, animal qui veut être
Ce qu'un homme de bien rougirait de paraître.
    Aujourd'hui le bon sens, sur son char lumineux,
Veut éprouver le juste et confondre les gueux,
Les poursuivre partout, et même dans leur fuite
Offrir en résultat leur mauvaise conduite.
    « Je soutiens que quiconque insensible aux tourmens,
« Effets de l'indigence, effets de la famine
« Que cause, par l'outrage, une langue assassine
« Qui trompe un tribunal infidèle aux sermens,
« Ne me traitera pas d'une juste manière, »
Dit un héros sans pain, dupe dite aux abois
D'un tribunal en faux, violateur des lois,
« Sera bien dit sans cœur, s'il a vu ma lumière,
« (Aussi forte que l'est, vue en beaux documens,
« La justice de Dieu dans ses commandemens.)
« Manquant à ses devoirs non pas par ignorance,
« Mais bien par cruauté rébelle à l'éloquence
« Vue en Dieu le Sauveur sous l'aspect d'un amour
« En soleil sur son char, formant le plus beau jour,
« Répandant les rayons de la vive lumière
« Qu'offre la vérité que l'on voit toute entière ! ! ! »
Dites, si vous l'osez, offensant l'encensoir,
En être qui ne veut, restant toujours impie,
Être qu'un ver sans pieds dit reptile amphibie :
Je n'aime pas son prêtre, et ne veux pas le voir !...
Alors, lecteur, alors en faisant votre face,
Tournant le dos, hélas ! à la divine grâce,
Qui veut, par la raison, vous conduire au salut,
Vous serez regardé comme un sauvage en rut,
Tel que l'est au palais, aveuglé par le vice,
Un juge scélérat qui trahit la justice !...

BOUQUET

AUX GENS DE BIEN.

ANNONCE EN HOMMAGE

DE L'OPPRIMÉ TRIOMPHANT,

Dit l'honneur dépouillé.

Juste toujours, sévère en portant jugement
Voyez avec horreur l'accusateur qui ment:
S'il est au rang de ceux que l'on prend à partie
Pour actes illégaux, de torture en procès,
Pour des fautes enfin où git le moindre excès,
N'excusez pas le dol vu dans la calomnie.

« Sensible et généreux, digne de mon bouquet, »
Dit l'opprimé vainqueur, réduit à l'indigence
Par l'effet du mensonge en horrible sentence,
« Juste, récompensez la dupe qui l'a fait ».
— Pressé par le besoin en faisant une offrande,
Qui peut l'être d'un livre, hommage le plus beau
Qu'on puisse voir, s'il est la raison en tableau,
L'on peut, même l'on doit la faire par demande.
Recevez donc, lecteur, et payez cet écrit,
Bel hommage en bouquet composé par l'esprit,
Composé de façon qu'on y voit la lumière
D'un oracle en soleil parcourant sa carrière,
Tel que l'est en tableau la raison vue en fleurs
Qu'on ne voit qu'en écrits qu'on appelle enchanteurs,

Dit le même en voulant ne rien faire et rien dire
Qui ne soit à propos, et fait pour faire rire ;
C'est-à-dire amusant, moral, donc correctif,
Comme l'est, didactique, un poème instructif.

J'annonce, en raisonnant, peignant par la parole,
Peignant pour l'univers, parlant en ma faveur,
Pour tous, même en héros, comme opprimé vainqueur,
Du plus sage écrivain jouant le plus beau rôle.
— L'annonce d'un vainqueur par l'effet du bon sens
Vu dans la vérité, répandant sa lumière,
Qui confond cinq menteurs d'une horrible manière,
Nous fait voir la raison maîtresse des cinq sens,
Le prestige détruit, la raison couronnée,
La vertu reconnue, et sa gloire prônée
Par le héros lui-même, en chantant ses exploits,
Comme enfant protégé de notre divin père,
Par l'intercession d'un autre et de sa mère,
Qui la rapporte à Dieu, mort pour nous sur la croix.

Sans habits que haillons, sans pain et sans pécune,
Dépouillé par le vice au temple de Thémis,
Tel que l'est l'homme injuste y brigandant au pis,
Je puis, si Dieu le veut, recouvrer ma fortune.
— L'hommage d'un auteur sans argent et sans pain
Peut se voir en bouquet d'un célèbre écrivain,
Et l'hommage, en ce cas, est digne d'un salaire
(Lorsqu'il est un effet de la peine, en chantant,
Qu'éprouve en orateur l'opprimé triomphant) ;
Dont l'univers entier se trouve tributaire.
Un œuvre d'éloquence, en serpent dit Python,
Tel qu'est l'œuvre éternel en sinueux langage
Qu'offre la périphrase en écrits du vrai sage,
Est l'image de Dieu prouvé par la raison.

Voilà ce qu'on appelle, en parlant par sentence,

Offrir la vérité dite par circonstance ;
C'est-à-dire d'après ce que veulent les temps,
Le passé, l'avenir, le présent, le bon sens,
L'intérêt général, l'intérêt d'une cause
Où quelqu'un a des droits, contre qui par trop ose,
Par action civile, et même à des secours
De la part du public, de la part de son père
Dans le chef de l'état, comme tel tributaire,
Non une fois donnés, mais servis tous les jours,
Jusqu'à ce que l'effet d'un acte de justice
Ait éteint tous les droits qu'il a contre le vice.
O ! Vérité sans tache admirable à jamais !
Tu vas par ton éclat, en charmant le palais,
Le couvrir des rayons que darde la lumière
Du plus savant pinceau traitant une matière.
Et voici maintenant des faits qui, bien goûtés,
(Où sont des actions les plus inexcusables,
A côté de hauts faits dits exploits admirables)
La font voir s'appliquer à d'autres vérités,
Et former des moyens si forts et si sensibles,
Si forts, si lumineux, si pressants en motifs
Appuyés sur les lois, et si persuasifs,
Que bien dits concluans, et même irrésistibles,
Produits par la raison, fondés sur l'équité,
Ils sont des documens qu'offre la vérité.
O vérité ! partout toi seule nous éclaire ;
Ton flambeau luit au ciel, en éclairant la terre.
Et ta force fait voir en écarts sans égaux
Des forfaits les plus grands en crimes capitaux.

Un officier ministériel, à qui l'on avait fait
mettre deux fois la tête sur l'échafaud pour le
même prétendu fait, c'est-à-dire qui avait été

jugé, condamné deux fois sur les mêmes inculpations vagues faites de la part de l'organe du ministère public près d'un tribunal civil, ce fonctionnaire, qu'on avait en premier lieu condamné à une amende, ensuite suspendu de ses fonctions avec une précipitation incroyable, et qui même a été destitué sur le simple vu du jugement de sa suspension, dont il y avait appel ; ce même fonctionnaire public, ou plutôt ce même homme, devenu porteur d'un arrêt qui annulle les jugemens d'amende et de suspension, imprimé sous le titre du *Triomphe de l'innocence opprimée, ou les écarts inouis d'un tribunal de première instance,* dit, en faisant le tableau du style dans lequel il a écrit en chantant son triomphe, instruisant en vers la cause de l'opprimé vainqueur au temple de Thémis :

Mon style toujours simple, en ouvrant périphrase,
(L'auteur se voit ici dépeint dans la façon
Qui le fait en travail figurer la raison.)
En style épistolaire est celui de qui jase,
Ensuite il est de feu, d'Horace et de Boileau,
De l'orateur qui peint, en genre le plus beau ;
C'est le flux et reflux, la mer en éloquence,
Qui se rue en torrens, se retire et s'élance,
Ainsi, par des efforts qu'on ne peut concevoir,
Qui paraît montueuse et s'unit en miroir :
C'est le sang qui circule, et dont le vrai mobile
Est le sentiment figuré par la bile
Qui s'échauffe, bouillonne, et qui se refroidit,
Qu'on sent au tempéré, quand l'amour s'attiédit.

Aujourd'hui , après n'avoir fait que végéter pendant plus de neuf ans , qu'il lui a fallu pour chanter son triomphe , et compléter son instruction poétique , sans autre ressource pour subsister que d'implorer des secours , et de tirer parti de l'emploi de son temps , il offre à tous les gens de bien , amateurs du bien dit , partisans de l'éloquence , la communication de ses travaux littéraires manuscrits , dans l'espoir qu'on daignera se réunir à lui pour l'impression de son ouvrage , (divisé en différens petits poëmes susceptibles d'être publiés , vendus séparément.)

De son ouvrage en fleurs dites de rhétorique ,
Où l'on ne peut rien voir qui ne soit sans réplique,
Qui ne soit revêtu , c'est-à-dire, du sceau
De la raison suprême en œuvre le plus beau.

. . . .

Tel est l'échantillon d'un bouquet de vingt pages ,
Fait par la dupe, hélas ! de magistrats non sages,
Mais faux en jugement , en attaquant l'honneur
D'un humain qui vivait du fruit de son labeur ;
Et qui, depuis dix ans, réduit à l'indigence
Par l'abus du pouvoir au temple de Thémis ,
De la part de menteurs en écarts inouïs ,
N'a pu que végéter , toujours dans la souffrance
Que causent des besoins , qui , n'étant satisfaits ,
Ont fait écrire en vers un pauvre Saintongeais
Qui vient , tendant la main , vous offrir son ouvrage,
Où la raison vous dit de payer son hommage ,
De le récompenser des maux qu'il a soufferts,
En héros dit vainqueur , héros de l'univers !
Sauveur d'un objet cher , l'étant plus que la vie

Que l'on doit pour son roi donner, pour sa patrie ;
Sauveur de l'innocence, état des gens de bien
Pour qui l'honneur est tout, le reste ainsi n'est rien.
Venez donc, humains vils que corrompt la matière,
Qu'éblouit le clinquant, qui fuyez la lumière,
Me dire : Eût mieux valu pour toi garder ton or,
Que de plaider pour rien vu dans un faux trésor,
Tel que l'est ton honneur qui n'est, vu sans parure,
Qu'un homme irréprochable en état de nature,
« Qu'un seul péché mortel peut plonger dans l'enfer,
« Où le cœur des damnés est rongé par un ver, »
Dit l'homme qui sauva, conserve l'innocence,
Sans laquelle il n'est point de douce jouissance,
De vrai bonheur pour nous, ni de paix dans le cœur,
Où loge le remords qui tourmente un pécheur.
— Qu'est un homme de bien, sans bonne renommée ?
L'innocence qu'on voit sous couleur de fumée ;
C'est-à-dire un trésor qui se trouve enfoui,
Ou dont le possesseur ne jouit qu'à demi.
    Par le besoin pressé, ne pouvant pas mieux faire,
J'offre un échantillon, en requérant salaire.
La pièce paraîtra, vous l'aurez en entier,
Ou vous pourrez l'avoir des mains d'un Cherpantier,
(Qui sait, sans se tromper, éxaminant son monde,
Juger, d'un seul clin d'œil, l'homme apperçu qu'il sonde),
S'il voit en vous les traits d'un homme dit d'honneur,
En lisant dans vos yeux, et sondant votre cœur,
Sinon, vous ne l'aurez qu'en en faisant l'emplette
D'un autre que de lui pauvre, et riche poète,
Plus instruit par l'effet des dols d'un chat-huant,
Que par l'effet du bien qu'il a fait concluant,
L'homme d'honneur, loyal, porte sur son visage,
Les traits de la candeur dont il offre l'image :

Il sait se signaler, recevant un discours
(Bouquet d'un grand vainqueur, sauveur de l'innocence
Qui souffre en lui les maux que cause l'indigence)
Des mains de la vertu digne de ses amours.

L'opprimé vainqueur au temple de Thémis,

CHERPANTIER, (J. J.),

Ex-officier ministériel, décoré du lis.

NOTE

FAITE APRÈS COUP.

Oui, c'est un fait certain, il n'est point de peut-être,
La femme est méprisée en cessant de paraître
Aux yeux de l'amour pur, une femme d'honneur
Qui préfère à l'argent la paix dite du cœur.
Et l'homme qui ne l'a cette paix, s'il désire
En amant qui trahi pour la vertu soupire,
La voit comme un trésor dit le plus précieux
Que ne peut posséder un humain vicieux,

Que par le moyen de sa conversion.

A l'égard des hauts faits qui me couvrent de gloire,
En offrant l'homme en moi comme une tour d'ivoire,
Jusqu'ici, je l'apprends en m'en plaignant, hélas !
Exceptés des amis que ma reconnaissance
Me fait voir aussi grands que l'est le Roi de France,
Je n'ai, dans mes lecteurs, trouvé que des ingrats,
Dit l'homme qui sauva l'innocence opprimée,
Au temple de Thémis, par son juge accusée ;
Et qui sous ce rapport sauveur de l'univers,
En triomphant pour tous confondit cinq pervers
Par les sens figurés, coupables d'imposture,
Et même au dernier point, ainsi que de torture.

J'en ai la preuve en mains, comme porteur d'arrêt
Rendu sur deux factums, à le montrer tout prêt,
Ainsi que mes travaux, poëme par poëme,
Où l'arrêt travesti par la dupe elle-même,
En offre la puissance en moyens transcendans,
C'est-à-dire en moyens, tous bien dits sans réplique,
Comme étant exprimés en fleurs de rhétorique,
Qu'on ne peut voir plus forts contre cinq grands brigands,
Pas plus qu'on ne peut voir, pour la prise à partie
De tout un tribunal auteur de calomnie,
Plus de force en tableaux faits pour faire admirer
L'amour de la vertu qui me fait soupirer,
Plus de force en discours qu'en offrent mes ouvrages,
Effets, par contre-coup, de deux noirs brigandages
Commis en jugement par des gens que leurs faits
Ne peuvent faire voir, en jugeant, plus mauvais
Que dans avril et mai de l'an mil huit cent onze
Ne le furent les sens vus en cheval de bronze (1),
Jusqu'à la dite époque où l'un des tribunaux
De la France se vit en écarts sans égaux,
C'est-à-dire inouïs. C'est ainsi que l'on glose,
Expliquant mot par mot, en traitant une cause,
Et de fil en aiguille arrivant à son but,
En disant : le pervers n'est qu'une bête en rut,
Qu'un juge qui s'égare, et ferme à la lumière
Les yeux qui lui font voir et juger une affaire,
Qui la lui font juger par la saine raison,
Sans laquelle il ne peut juger qu'en grand démon,
Comme on fit en jugeant l'innocence opprimée
Qui vous offre un bouquet, à lire son trophée
En arrêt solennel triomphe le plus beau

____

(1) Voyez la notice page 14.

Qu'on puisse remporter contre l'homme en crapeau
Dit calomniateur au palais de justice,
Et qui rampe en venin dit serpent qui se glisse,
Dont le cœur gangréné, perverti, corrompu,
Me fait en corps humain voir l'homme en vermoulu,
Lorsqu'en poudre réduit, frappé par la satyre,
Il n'est plus qu'un objet propre à nous faire rire,
Comme on rit sagement en se moquant de chats
Que pincent des souris et que mordent des rats.

VAS, bel échantillon d'un bouquet en hommage,
Assorti d'une note étrangère au bouquet,
Mais non au but de l'homme en malheur qui l'a fait,
Reçu, payé, senti par l'homme le plus sage,
En charmant les loisirs de l'homme dit de bien,
En lui faisant chérir l'utile et l'agréable
Par l'innocence offerts en bouquet admirable,
Instruire en amusant le Prince Très-Chrétien.
Dis-lui que ton auteur partant pour la Saintonge,
Laissant derrière lui la ville de Paris
Pour aller voir sa femme et ses plus chers amis,
Redoute un tribunal souillé par le mensonge,
Autant qu'un Roi français peut redouter un gueux
Qui frappa son pareil traîné par les cheveux;

C'est-à-dire qui frappa, condamnant à la peine
capitale un autre Roi français, aussi innocent que
l'est aujourd'hui S. M. Charles X.

Je l'ai vu quelque part, l'innocence opprimée
Par son juge sans frein, par les cheveux traînée,
Levant les mains au Ciel dit, s'adressant à Dieu :
L'on ne peut bien juger sans garder un milieu.
Or, qu'aura-t-on donc fait, lorsqu'en écarts au pire,

Digne des plus grands coups frappés par la satire,
Motivant par le faux bien dit au dernier point,
Donnant pour constants faits la fable en calomnie
D'un faux accusateur rendu juge et partie,
L'on aura, comme lui, jugeant en faux témoin,
Mis le comble aux écarts, en frappant l'innocence
Comme on ne vit jamais qu'une fois dans la France (1) ?
On aura fait, grand dieu, le crime le plus grand
Que puisse faire un juge accusateur brigand.

    Payez, lecteur, payez la peine et le mérite
Du louable censeur par la raison écrite,
Qui toujours conséquent et fort dans ses travaux,
Est Dieu dans la raison bien vue en ses tableaux.

INVOCATION A L'ÊTRE SUPRÊME.

Sur l'air : *Adorons tous.*

1

O Tout-Puissant ! protège les victimes,
Anéantis les auteurs des grands crimes ;
Que l'impie assassin au temple de Thémis
En soit soudain chassé, qu'il n'y soit plus admis !

2

Grand Dieu vengeur, en protégeant la France,
Fais que son Prince écoute l'innocence,
Qui lui dit en ton nom : « les plus grands criminels
« Sont les êtres pervers jusqu'au pied des autels. »

3

« Auprès de toi, la vertu sans chemise,
« Victime, hélas ! de qui juge à sa guise,

---

(1) A l'égard de Louis XVI.

« Sans argent et sans pain , sans état, sans secours,
« A souffert tous les maux, et les souffre toujours. »

En attendant que j'indique mon adresse par la voie des journaux, s'il y a lieu, je recevrai les lettres qui me seront adressées affranchies, poste restante à Poitiers, oú je me propose de transférer mon domicile, fixé depuis 1816 à Paris, oú j'ai eu besoin de me retirer en quittant la Saintonge, pour échapper à de nouvelles persécutions de la part de mes ennemis, et faire ce que j'ai fait.

NOTICE

*Servant de commentaire au second hémistiche du dix-
huitième vers de la page 10 où il est dit, en parlant des sens : vus en cheval de bronze : figuré par
l'homme-Dieu vu dans l'homme-juge.*

Écoutez et goûtez, en pesant bien mes mots :
Mon hommage accueilli, mes œuvres fera vendre,
Et plus vous me lirez, mieux vous pourrez comprendre
Ce que dit la raison qu'on admire en tableaux.

L'homme juge est un Dieu, figure d'équilibre,
Lorsque juge équitable il juge en homme libre ;
Autrement je ne vois en lui que les cinq sens
Aveuglés par l'esprit d'une noire malice,
Telle qu'on peut la voir sous l'affreux artifice
D'un faux accusateur qui fait des indigens.
Je me vois signalé, va dire un mandataire (1)
Qui sujet à mentir en pinçant tôt ou tard,
Fut, n'étant pas loyal, mais traître à mon égard,
Menteur en concluant, tombé dans l'arbitraire,
Entraînant dans sa chute un tribunal entier,
« Qu'il rendit assassin de l'honneur d'un huissier, »

Dit la cour royale séant à Poitiers, en disant,
par mon arrêt triomphal du 1.ᵉʳ février 1815,
neuvième énonciation de motifs : « qu'un tel a eu
à se plaindre de ce que les formes prescrites par
les lois et réglemens n'ont pas été observées à son
égard ; qu'il en est résulté à son préjudice les con-
séquences les plus graves ; que tout ce que l'homme

---

(1) C'est à dire un personnage qui en 1811 était procureur
impérial, et qui est aujourd'hui, je crois, procureur du roi à
Sainte, parce que sans doute sa majesté ignore ce dont on au-
rait dû l'instruire à son égard.

a de plus cher a été attaqué dans sa personne, et que ses mémoires (factums) ne contiennent que ce que permettait une légitime défense. » Voici au surplus ce qu'on lit dans l'un d'eux, imprimé à Bordeaux, en mars 1813, pag. 58, 3.ᵉ alinéa :

« S'il est évident qu'à l'époque du 29 avril et à celle du 13 mai, M. le procureur impérial n'était pas nanti de la procédure qu'il disait tenir en ses mains, comment alors a-t-il pu voir, dans une procédure qu'il ne voyait pas, une effroyable multiplicité d'actes inutiles et frustratoires? Comment a-t-il pu savoir que le coût des actes de cette procédure, qu'il ne voyait pas, fournissait la preuve d'un exaction sans mesure de la part de l'huissier qui les avait faits ? Comment a-t-il eu le courage d'avancer comme vrai un fait démontré faux, et d'égarer ainsi la justice du tribunal près duquel il n'est établi que pour faire respecter les lois et la vérité !!! »

Voici à cet égard ce que répond la raison, dans son plus fort langage :

Parce que sans pudeur; or, sans délicatesse,
Succombant aux effets de l'humaine faiblesse,
Séduit par un faux air que présentent les sens,
En nous faisant parler contre la vraisemblance,
Et couvrir notre jeu d'une fausse apparence,
Sous l'aspect d'un Judas qui blesse le bon sens,
N'étant plus qu'un aspic qui mord, pique et se glisse
En désirant le mal que produit son venin,
Aspic par le désir, par le cœur inhumain,

Ne pouvant plus rien voir que comme un homme en vice,
Mauvais donc par nature, et monstre sans bon sens,
Humain dénaturé, n'aimant que son semblable,
Qu'il ne pouvait plus voir en être raisonnable,
Il était abruti par la force des sens.
— Beau bouquet d'orateur, tu charmeras la vue
De l'être dit sensé qui n'a pas la berlue,
Qui chérit son semblable, ami de la raison,
Dont j'offre ici les fleurs dans la péroraison
Vue en discours pompeux fait par la périphrase,
Comme orâcle du jour en serpent sous la gaze !
En serpent que figure en replis tortueux
La périphrase en mots du style dit nerveux,
Du style où tout se voit, en raison la plus belle,
Sous l'aspect de Vénus habillée en dentelle,
(Offrant tous les appas du sexe féminin,
Aperçus par des trous où tout en beauté brille
Comme une qu'on voit nue à travers une grille,
Dans les yeux les plus beaux, sur le plus joli sein,
Sur un corps le mieux fait, sur le plus beau visage,
Sur les plus beaux côtés, et derrière, et devant,
Par le haut, par le bas, où tout donc est charmant)
Comme est la vérité qu'on présente en image !
Qu'on présente en image, en hommage en bouquets,
Quand dupe, comme moi, de sans égaux forfaits,
Pressé par le besoin, plongé dans la misère,
On invoque un génie en parlant à son père
Qui mort et dans le ciel, mis au rang des élus,
Fait qu'on obtient de Dieu pardon par ses vertus;
Et qu'alors exaucé, protégé par Dieu même,
On dépeint son esprit qu'on présente en poème,
Tel que j'en ai fait un où la divinité
Vue en mots du bon sens comme en pain enchanté,

Se présente en esprit tel que l'est un oracle
Qui ne peut pas parler sans offrir un miracle.
Vous devez, mon lecteur, désirer de le voir;
Il est l'œuvre d'un Dieu qui donne le savoir;
Et qui, sous ce rapport, auteur originaire,
Est l'être créateur du ciel et de la terre ;
Que la raison nous prouve, en offrant son tableau
En elle par écrit, en œuvre le plus beau
Qu'on appelle parfait en vérité suprême,
Telle qu'on peut la voir en lisant ce poème
Dicté par l'intérêt, et non pas sans raison,
Mais offrant l'œuvre en soi, l'œuvre en serpent Python,
Inspiré par un Dieu, formé par la sagesse
Aussi forte que lui, comme étant sans faiblesse.
Hé qui ne paierait pas, pour un œuvre aussi beau,
A son auteur cinq francs pour avoir un chapeau (1);
Pourvu qu'on en eût dix, et ne fût en misère,
Nouvellement sorti de l'hospice des fous;
Comme employé qui gagne, hélas! par jour huit sous,
Comme, hélas! je le suis, dupe de l'arbitraire
D'un tribunal sans frein, d'un tribunal menteur
Qui frappa sans entendre, en accusant l'honneur
Qui, sauvé par moi-même en lutte avec le crime
Qui juge l'innocence en l'abreuvant d'amer,
Sauvé par pot de terre en moi contre un de fer,
Souffre en héros mis nu, triomphant et victime!!

C'est bien dit, c'est bien ça, diront, connaissant
mon affaire, tous mes lecteurs judicieux, en ad-
mirant mes tableaux qu'on ne peut trop payer :

____

(1) Le chapeau dont il s'agit doit s'entendre du nécessaire
en général, dont je suis privé.

Qu'on ne peut trop payer, comme étant des modèles
Que la raison fait voir en femmes les plus belles.
O femme vertueuse ! où je vois les appas ,
La beauté que Vénus elle-même n'a pas ,
Tu brille au firmament , l'on te peint sous un voile ,
En vérité sans tache admirée en étoile !
La sagesse est en toi semblable à la raison
Qui luit comme un soleil éclairant l'horizon ;
Et la vertu toujours fait ton plus grand mérite
Par la force qui gît dans la moralité
Et par l'éclat divin qu'offre la vérité ,
En te rendant semblable à la raison écrite.
Viens donc en animant les feux de mon amour
Qui me fait voir en toi le plus heureux séjour ,
Viens et me dis : Mon bon , caresse ton amie
Qui t'offre dans son sein la rose épanouie :
Alors plein de tendresse en volant dans tes bras ,
Source du vrai bonheur , ô vertu vue en femme !
Excité par l'effet d'une amoureuse flamme ,
Brûlant d'un pur amour, qu'inspirent tes appas ,
Un amant imité par sa plus tendre amie ,
Ira se confesser pour t'avoir en hostie.
O mon Dieu , je t'attends , viens donc à mon secours !
En vertu que je vois dans la rose mystique
Où l'église t'adore en vertu prolifique ,
Toi seul es aujourd'hui l'objet de mes amours ,
Je le dis en pleurant, en amant qui soupire
Après un cher objet que la vertu désire.
Objet de mes travaux , de mes plus grands soupirs
Que causent nuit et jour les plus ardens désirs
Que depuis près d'onze ans , rend vains une misère
Dont est un tribunal en parjure le père ,
Effet d'un amour pur , divin , sentimental ,

Je te vois dans l'effet de l'amour conjugal,
D'un amour dupé en moi d'un tribunal en crime
Qui le sacrifia , me rendant sa victime !
Que de larmes , grand Dieu , pleurant sur son tombeau ,
Fit verser cet amour exerçant son pinceau !
O comble de malheurs , effets de la torture
D'un tribunal pervers qui vomit l'imposture !...
A quel taux pourras-tu me faire , en réclamant,
Porter , contre ce monstre inhumain , monstre en vice ,
Que ne peut que frapper , le jugeant, la justice ,
Par la prise à partie un dédommagement ?
Au taux dit le plus haut (non égal au dommage
Fait sur les sentimens , dans le bien le plus cher
Qu'un tribunal attaque en vomissant l'amer)
Qu'on puisse le porter pour le plus grand ravage ,
Dit le fait en motif qui toujours conséquent ,
A comme la raison un langage éloquent ,
Tellement que comme elle , offrant une lumière ,
Il a l'effet du feu qui flambe et nous éclaire ,
Qui montre , en confondant un pervers convaincu ,
Les droits que peut avoir l'homme qu'il a mis nu ;
Et qui , sous ce rapport , plongé dans un abime (1) ,
Souffre en époux les maux de l'amour en victime ;
En père tous les maux que la paternité
Peut souffrir dupe , hélas ! de l'inhumanité
De tout un tribunal , coupable d'insolence (2) ,
Et même au dernier point , du plus grand attentat (3) ,

(1) Abîme de la misère où plongés deux époux les mieux
assortis, les plus tendres , ont été , dit l'un deux , cruellement
forcés de vivre séparément.

(2) En jugeant un procès sans observer la forme nécessaire.

(3) Que l'on puisse commettre contre les droits de l'homme
en société.

Dépouillant un humain, enlevant son état,
Qui frappe en outrageant, par erreur, l'innocence...♭
Et l'on voudrait, grand Dieu, qu'excusé de l'erreur,
Ce même tribunal, monstre comme oppresseur,
Pour le mal le plus grand vu dans la calomnie
Ne fût pas par sa dupe en moi pris à partie ! ! !
J'entends quelqu'un me dire : « On ne le voudra pas,
« Que dans la classe infâme où règne l'homme en vice,
« En osant fasciner les yeux de la justice,
« L'homme juste est pour toi contraire aux scélérats. »
    Admirez tous, lecteurs, dans le plus beau langage
L'effet divin d'un feu destructeur d'un nuage
Formé par le mensonge en forme de chaos
Dont l'effet séducteur a causé tous mes maux,
En faisant le faux voir comme la vraisemblance,
Et l'assassin bon juge en frappant l'innocence !...
    C'en est fait, de ce pas en partant pour Poitiers
Sans argent, sans chapeau, sans bottes, sans souliers,
Je vais bien amuser tous mes lecteurs en route,
Qui, m'ayant lu, verront mes droits mis hors de doute,
Et qui, sous ce rapport, à la raison soumis,
Ne voudront pas garder mon hommage gratis,
Mais par l'effet de l'or que l'on doit au mérite
Fondé sur la vertu qui pleure et qui milite :
Qui pleure en gémissant victime de cinq fous
Qui la mirent sans pain, la frappant à grands coups
Qui bien dits redoublés, et frappés en justice
Sont ceux que frappe un juge aveuglé par le vice ;
Et qui milite enfin en victime aux abois
Qui ne peut, sans argent, exercer aucuns droits
De ceux qui font conclure en justice réglée
Qui ne peut pas juger, sans la ferme usitée,

    Sans opprimer en jugeant par abus d'un pouvoir

divin ; c'est-à-dire d'un pouvoir qui ne doit être con-
fié qu'à l'homme pur, instruit, honnête et intègre;

Qu'à l'opposé du faux, qu'à l'opposé d'un gueux
Auteur d'un jugement qui bien dit monstrueux,
Le fait, par action dite en prise à partie,
Bien condamner pour dol en horrible manie.

L'innocence oprimée désireuse de donner à ses
factums toute la force d'une defense faite en vue
d'une prise à partie, par la voie de laquelle les juges
oppresseurs sans frein, imposteurs, déhontés
peuvent être poursuivis, d'après les dispositions
de l'article 505 du Code de procédure civile,
n'a pas manqué, en composant ses mémoires,
de ne se servir que d'expressions justes pour le
gain de sa cause, et convenables à son plan, à
l'égard des dommages-intérêts qu'elle avait et
qu'elle a encore à prétendre contre cinq magistrats dont elle eut à se plaindre en cause d'appel devant la Cour royale séant à Poitiers, pour
faits d'oppression et de calomnie. Le passage rap-
porté dans ce poëme, page 15, est un effet mar-
qué de l'intention où elle était d'intenter une
action en prise à partie contr'eux, après qu'elle
se serait fait reconnaître. Les noms de *mons-
truosité judiciaire* et de *jugemens houteux* qu'elle
donne, dans ses mémoires, à la procédure et
aux condamnations iniques dont les mêmes magistrats se sont rendus coupables, en me maltrai-
tant, en sont, comme d'autres expressions non
moins fortes qu'on trouve partout en lisant sa
défense, en sont également des effets remar-

quables. Et la justice , qui , d'après même mes
conclusions , ne pouvait ignorer que j'eusse aussi
le dessein de me pourvoir par la suite à leur
egard par voie de prise à partie , comme
faisant cause commune avec l'innocence outragée,
dit en moi l'opprimé vainqueur , approuva
mes vues comme celle de l'innocence même, en
disant que sa défense ne contenait rien qui ne
fût légitime , c'est-à-dire, qui ne fût conforme
aux lois et à l'équité.

Ainsi donc aujourd'hui , la justice pour moi ,
La raison , l'équité , la force de la loi ,
Je n'ai plus qu'à parler en présentant requête
Pour avoir un permis d'assigner l'homme en bête ,

Vu dans le faux accusateur et consorts qui n'écou-
tèrent que les sens, c'est-à-dire que la voix des pas-
sions, sans vouloir entendre la vérité qui fut de leur
part constamment repoussée dans le procès fameux
où j'ai été condamné deux fois sur les mêmes sup-
positions vaguement établies ; or , d'une façon la
plus insupportable , et sous ce rapport la mieux
faite pour motiver une prise à partie. — Ai-je
bien dit? Ai-je raison? je soutiens qu'oui , et je
défie qui que ce soit de prouver le contraire.

Procureur général près la Cour de Poitiers,
Dite royale et juste, à jamais admirable,
Célèbre en ses arrêts, de broncher incapable,
Hâte-toi, si tu veux partager ses lauriers,
En transmettant au Roi cet œuvre d'éloquence
D'être le protecteur d'un héros en souffrance !
— Ouvrez les yeux, Français, et toi vaste univers,

(23)

Où vont partout se voir, et ma prose et mes vers,
Attentif aux succès de ce que je vas faire
En priant à Poitiers l'organe de la loi (1)
De faire son devoir en s'occupant de moi (2),
Ne jugeant que sur faits, sois un juge exemplaire;
Ne vois qu'avec mépris le puissant sans pitié,
Indigne du respect, et de mon amitié,
Digne d'être écrasé par l'effet de la foudre
Qui frappe un criminel qu'elle réduit en poudre,
Qui servant l'homme injuste, insensible aux grands maux
Effets du noir mensonge en horribles chaos,
Servant ainsi le diable en tolérant les crimes,
Néglige son devoir et rit de ses victimes :

Comme faisait un certain Foucher, avocat du Roi, dont Sa Majesté, en lui rendant justice, a retiré les pouvoirs.

------

(1) Vu dans le procureur général près la Cour royale.

(2) En transmettant au Roi, comme l'auraient dû faire ses prédécesseurs, l'arrêt triomphal de l'innocence opprimée, où il est dit, 4.ᵉ énonciation de motifs :

« Attendu que si l'on devait considérer l'intérêt que Cherpantier peut avoir à faire infirmer le jugement qui l'a suspendu, on ne pourrait se dissimuler qu'il est à croire que la justice du roi ne lui permettrait pas de maintenir le décret de destitution de l'appelant, qui a pour unique motif le jugement qui l'a suspendu, si celui-ci était anéanti... »

Goûtez bien ce que dit contre l'humain en crime,
En crime d'assassin, de parjure au palais

Dit temple de Témis , l'ex-huissier Saintougeais
Auteur parlant raison , dépeignant en victime.

La justice commande , elle est dans le plus fort
Qui comme tel a droit et de vie et de mort.
Obéis procureur , obéis à justice ,
Procureur-général , signale au roi le vice ;
Et dis lui : sa victime , en pleurant à genoux ,
Sant état et sans pain , Sire , attend tout de vous.
Confiante en son roi , confiante en toi-même ,
Te dit-elle humblement , mandataire que j'aime ,
Je dépose en tes mains , arrivant de Paris ,
Mon triomphe en arrêt que je dois à Louis
(Louis-le-Désiré revenu d'Angleterre ,
Réfuge d'un bon roi , dupe de l'arbitraire ,
A qui je présentai , dans le plus beau miroir ,
Tout en faits , l'innocence en huissier peint en n ir.)
Qui ne voyant en moi qu'un innocent victime ,
Victime d'assassins , comme le fut Louis
Son frère Louis seize au temple de Thémis ,
Dit qu'on me décorât d'une fleur qui désigne ,
Comme emblême en bouquet sous la couleur du signe ,
L'innocence divine , et celle d'un humain
Aux yeux dits de la loi , comme celle d'un saint ;
Et qui , sous ce rapport , ne doit être portée
Par l'homme qui se couvre , en jugeant , de fumée ,
Pas plus que par un gueux accusant en Judas ,
Qui , le lis sur le sein , armé d'un coutelas ,
Egorge en outrageant , et le ciel et la terre ,
La timide innocence , et la plonge en misère !....

Venez donc scélérats , magistrats imposteurs ,
Courbés sous le fardeau d'une masse de crimes ,
Qui fîtes à mes yeux des millions de victimes ,
Dénoncés par vos faits , actions d'oppresseurs ,
Combattre la raison en fleurs de rhétorique
Qu'on ne peut attaquer sans paraître impudique !...

C'est-à-dire capable de tout.

En suivant la lumière , arrivant à bon port ,
J'ai suivi le chemin où l'on trouve de l'or ;
Qui caché dans la mine est l'or non de la terre ,
Mais en mine où l'esprit en creusant nous éclaire ,
Comme fait l'or divin et bien dit lumineux ,
Tel que l'est la sagesse en serpent tortueux ,
En esprit le plus fort, en esprit qui pétille
Par morceaux en sablons, poussiéreux , éclatant ,
Sans fatiguer la vue , étant éblouissant ,
Ni former aucun bruit , oh! figure gentille !
Esprit de la sagesse , esprit laborieux
Guidé par l'Esprit saint que je vois en tous lieux ,
Reste à jamais en moi , dans mon cœur, dans mon âme
Qui s'élevant à Dieu le voit dans une femme

Dite la reine des vertus , mère de Jésus-Christ.

Mon Dieu dans la raison vue en corps le plus beau ,
Je t'adore en Vénus, dans son fils ton tableau
En amour, en enfant tenu par la lisière
Où gît le Saint-Esprit père de la lumière.

I.

Adorons tous dans la Vierge Marie
Le créateur que renferme une hostie !
Voyons-le dans l'amour , dans l'amour conjugal ,
Amour sacré , divin , amour sentimental.

2.

Aimons donc Dieu parce que Dieu nous aime ,
Notre prochain pour l'amour de Dieu même ;
Et ne méritons pas , en perdant son amour,
D'en être abandonnés , par un juste retour.

3.

O mon Sauveur ! fais que ma tendre amie ,
Pleine d'amour pour toi dans une hostie ,

En désirant t'avoir sans cesse dans son cœur,
Par l'amour conjugal puisse avoir ce bonheur !

(Indépendamment de ce qui me sera donné pour le prix
de cet œuvre, je recevrai l'argent que l'on pourra m'offrir
et m'adresser sous d'autres rapports, je le recevrai, dis-je,
à titre d'emprunt, pour subvenir aux besoins d'une famille
honnête dont je suis le chef, plongée dans la désolation, où
gémit comme moi une épouse sans pain, mère de trois
beaux enfants, dont l'un est aveugle par l'effet des tri-
bulations qu'on m'a fait éprouver, et dont l'affliction
fatale a causé la mort à la plus tendre, à la plus
respectable des mères qui, septuagénaire, fut suffoquée
par la douleur de voir privé de la vue son petit fils,
enfant de 15 à 16 ans, que j'avais laissé chez son aïeule
paternelle.)

4.

Grand Dieu, soutiens les élans de mon âme
Qui veut te voir dans le cœur de ma femme,
Et dans le cœur aussi de nos trois chers enfans
Victimes comme nous, d'infâmes grands brigands !...

5.

Si par malheur, en chaîne, qu'on y songe,
Effet des torts de brigands en mensonge ;
Ma femme et mes enfants, ou seulement l'un d'eux
Morts, ne sont plus, qu'ils soient au rang des bienheureux !

6.

Et qu'à mon tour, Seigneur, cessant de vivre,
D'amour alors en ange bien dit ivre,
Je puisse auprès de toi les voir, les embrasser,
En père et bon époux, sans pouvoir m'en lasser !

Je dois ici le dire en terminant enfin
L'œuvre d'un esprit fort par un effet divin,

Le prix de mes travaux revient à ma famille
(Représentée en moi, qu'il faut voir dans son chef,
« Et non pas en serrure, hélas! dite sans clef. »)
Où je vois la vertu dans ma femme, une fille
Et dans deux rejettons du sexe masculin,
Dont l'un, rusé matois, fut un petit lutin,
Qui sensible et charmant, comme le fut son père,
Dans l'âge le plus tendre avait l'air de sa mère.

Lorsque Dieu veut nous inspirer, il ne nous dit pas d'avance ce qu'il veut nous faire faire. C'est pourquoi j'ignorais, en commençant cet écrit, quel en serait le contenu, et parconséquent où en serait la fin. Quoi qu'il en soit, aujourd'hui que je le vois en œuvre accompli, je le vois tel qu'il devait être pour mériter l'accueil du public, me valoir des applaudissemens, sa bienveillance, même de justes récompenses de la part du Roi, et de tous les gens de bien : C'est ce que je désire en souhaitant à tous comme à moi la bénédiction du Seigneur.

1.

Bénis, Seigneur, bénis la poësie,
Où l'honnor à l'odeur de l'ambroisie,
La raison, comme toi, tous les traits de l'amour
En soleil sur son char, formant le plus beau jour!

2.

Clarté du jour, effet de la lumière
Qui nous fait voir le sein d'une rivière,
En éclairant le frond de la cour de Poitiers,
Fais le voir couronné, tout couvert de lauriers!!!

3.

Et dis au Roi qui gouverne la France,
Par la raison qui parle en conséquence :
« Tu dois faire, ô grand Roi! célébrer cette cour
« Pleine pour toi de zèle et pour son Dieu d'amour!

4.

La preuve en est en actes de justice,
Contre le vœu de l'ami du caprice
Qui fait qu'en condamnant en brigand du palais,
L'on viole la forme, en condamnant sans faits.

5.

Et toi flambeau qu'on ne voit qu'en figure
Du créateur de toute la nature,
Fais voir la vérité qui parut sous un jour
Convenable en factums pour instruire une cour

6.

Qui, par le nez, vérifiant ma cause,
Ne put me voir, voir qu'en odeur de rose
Foulée, hélas! aux pieds par quatre à cinq menteurs
Des réglemens et lois bien dits violateurs :

7.

« C'est la raison, (dit ici l'innocence),
« Qui lui fit dire, ayant lu ma défense,
« Qu'on avait attaqué ce que j'ai de plus cher,
« En attaquant mes droits et vomissant l'amer. »

8.

Qnant au vainqueur qui sut, par ta lumière,
De deux chaos débrouiller la matière,
Et par un trait divin de sublime clarté,
En formant un beau jour banir l'obscurité,

9.

Ainsi détruire, avec la raison même,
Un voile épais formé par le blasphême
En couvrant d'un nuage, hélas! l'honneur trahi
Par son accusateur le procureur Baudry,

10.

Fais, beau flambeau, soleil de la justice,
Fais le voir blanc, vainqueur de l'homme en vice ;
Qui rempli de vénin, dit calomniateur,
En vomissant l'injure est un empoisonneur !...

11.

Fais le donc voir, faisant le tour du monde,
Comme une tour d'ivoire sans seconde
Dans l'innocence, hélas ! attaquée au palais,
Qui triomphe partout en publiant ses faits ;

12.

Fais le comme elle, en odeur d'ambroisie,
Voir dans l'honneur sous figure choisie !
En faisant bien juger ses travaux glorieux,
Fais qu'ils soient recherchés sur terre et dans les cieux :

13.

Que là, placés dans les mains de son père,
Et sous lus yeux de la vertu, sa mère,
Présentés en hommage à la Divinité,
Ils y soient admirés pendant l'éternité !

Décembre 1826.

IMPRIMERIE DE MIGNERET,

RUE DU DRAGON, N.º 20.